KB272468

슬픔에도 동작이 필요하다

김 술 시집

슬픔에도 동작이 필요하다

© 김술 2026

초판1쇄 인쇄   2026년 3월 15일
초판1쇄 발행   2026년 3월 30일

글쓴이 김술

펴낸이 김희진
펴낸곳 Book Manager   주소 전주시 완산구 메너머 4길 25-6
전화 (063) 226.4321   팩스 (063) 226.4330

전자우편 102030@hanmail.net

출판등록 제1998-000007호

ISBN 979-11-94372-53-0
값 12,000원

슬픔에도 동작이 필요하다

김 술 시집

북매니저 Book Manager

시인의 말

달걀 위에도 꽃이 핀다는 것을
오늘 알았어
내 몸 크기만 한
그림자를 가지고
머리가 푸르스름하게 싹을 틔운다

2026년 3월
김술

슬픔에도 동작이 필요하다

차례

3부

1부

우리는 진실 때문에 죽지 않기 위해
예술을 가지고 있다
- Friedrich Nietzsche -

슬픔에도 동작이 필요하다

자야, 진아, 선아, 숙아, 경아

큰소리로 자식들 차례로 부르면 마음 약한 둘째가 아버
지의 연장통을 들고 간다

허리께에서 털썩, 내려놓으면 사각 통 속에 아이들 파자
마처럼 어질러진 뾰족한 못과 나사, 톱과 망치

연필! 못! 망치!

의자에 올라선 아버지가 근엄한 목소리로 지시를 하면
애슐리안 돌도끼 같은 손때 묻은 뚜껑이 동굴 입구처럼
벌어졌다
아버지의 커다란 잔숨결이 울렁울렁 벽 너머로 범람했다

귀 뒤에 꽂은 연필을 꺼내 벽에다 십 자를 긋고 쾅! 쾅!
못을 박았다 이윽고 벽에는 늘어진 후드티와 땀내 나는
민방위복, 무거운 책가방, 그리고 엉덩이가 반질반질한

교복 치마가 걸렸다

코일이 구릿빛 생활의 불안에 퉁퉁 감기고 쉽게 읽히는
생활 같은 그 벽이 싫어서 어느 날 나는 식탁 위에 놓인
귤을 집어 아버지가 못질하는 벽에다 집어던졌다

짓이겨진 귤이 덩어리째 줄줄 벽을 타고 흘러내릴 때 못
본 척 나는 그 방을 나와버렸다

부끄러움이 없었다 아버지도 나도 그 일을 입에 올리진
않았다
단단했던 어제의 벽이 나사못처럼 헐거워졌을 때

아버지로부터 물려받은 건 손을 쓰는 일
시를 쓸 때 나는
나도 모르게 귀 뒤에 연필을 걸쳐 꽂는다

슬픔에도 어떤 동작이 필요하다는 듯이

오리와 나

이 계절이 무슨 일을 하고 있는지도 모르면서 나는 가장
안전하다고

지난 금요일 저녁, 쇼핑몰에서 산 짧은 브라운 컬러 재
킷을 손에 들고 횡단보도 앞에 서서
은행나무 뒤에 흔들리는 차량 불빛이 네 그림자를 적시
면서 오리 떼가 되는 광경을 봤어

오리 행렬이 다 지나갈 때까지 기다리던 나는
누군가를 미치도록 질투하던 쇼핑백을 꿈속에 두고
야외 수영장에서 눈을 뜨는 한밤중

이 미루나무가 좋아
한창 자랄 때는 그늘도 피곤한 법이네 잠자는 나무는
깨우지 말게

나는 텅 빈 수영장에 앉아 책을 읽고 오리는 마주 앉아
사과주스를 마신다 만나서 즐거웠어, 코를 막고 물속에
들어가기 전에

오리는 뽐내듯이 빙그르 한 바퀴 돌았지

참는다는 것만으로 가치 있다는 게 증명되었거든

미치도록 예쁜 발목을 가진 너는
한때 진주가 되고 싶었네
너의 시선을 나의 것으로 사로잡을 수 있다면 ‘

푸른 옷을 입은 피보나치 수열

너의 웃음은 휘어진 낫
너의 발은 파인애플 껍데기
일정한 질서처럼 중심을 향해 모여드는 을을 乙乙
눈보라 맞으며 오리와 나는 걸어간다
좋아하는 보라색 스웨터에서 한 올 한 올 올이 풀어지고

안전함을 느낀다면 그것은 환상
절대 완벽한 것은 없다

공기주머니와 새하얀 공상 속 자매들

그런 날이 있다
신호등을 기다리지 않고
교차로 다섯 군데를 연속 통과하는
15분*이 더 주어진 하루

기름에 튀긴 건 다 맛있지 않아?
기름에 튀기면 검정 타이어도 맛있다잖아

월급날이 되면 언니는 통닭 두 마리를 사왔다
누런 종이봉투를 찢고 꺼내놓는 닭 다리 열 개
발목 지뢰를 꺼내서 나를 다시 그리고 싶어
가장 보수적인 입으로

* 숲속에서 초록 색깔들이 수영을 한다
  이파리를 좌우로 흔들며 입과 코로 모든 공기를 뽑아낸 뒤 물속에
  가만히 앉아 안녕, 하고 도시로 돌아간 미궁 속 캥거루를 생각하며
  점점 몸이 가라앉고 지상의 소리들은 멀어져가고
  주황-노랑-보라를 천천히 반복하는 먼지들은
  처음부터 없었던 것처럼 적막이 길어진다

연예인이 꿈이었던 통닭집 사장님*은 참 싹싹하고 천상
여자야, 라고 언니가 말했다

세헤라자데 입술에 이야기가 붙어 있기를
뺨을 내주고 시간을 얻기를
천천히 페이지를 넘기다 내 얼굴을 발견하는 결말을
떠들려는 순간, 잠이나 자라는 말이 옆에서 날라왔다
개 짖는 소리가 들리지 않을 때까지
기다렸다가 껍질이 얇은 자작나무** 속으로 들어갔다

* 자정 넘어 퇴근할 때
  당당히 가발을 벗고 돌아가는 모습을 본 목격담을
  언니에게는 말하지 않았다
  화장이 짙은 사람은 외로워 보인다고

**엄마 없는 집
  싸리비로 오선을 그으며 마당에 비질을 하기도
  구석구석 먼지를 닦고
  딱정벌레처럼 쪼그려 앉아 동생의 낯을 씻기고 코도 팽 풀어 주고
  새하얀 겨울 숲으로 뽀드득 뽀드득 손을 잡고 걸었다
  자작거리며 타오르는 발이 끝내 재가 되는 것을
  …. 동생에게는 밤이 없다

우리 집에는 공기의 미학이 많고요

우리 중 하나 없어진다면

거품의 연쇄가 방울방울 터진다면

여기와 거기가 흩어져

"선" 하고 부르는 이름이 날아오고요

수백만 년이 지나도 일부러 전화하지 않아도

자주 우리와 눈 맞추러 오고요

이런 시간은 삶에 속하지 않는다고

많이 울다가 가요

슬프다 슬프다 깊어질수록

바람에 쓸려 숲으로 숲으로 아직도 걸어가요

탱자나무

어느 가을날 아버지가 시외버스터미널에서 고속버스를
타고 올라왔다 끌고 온 마대자루에는 노란 탱자가 가득
했다

나도 이제는 성성한 가시쯤
가지고 살아도 괜찮은데…
아토피 피부염에 좋다는 의사 말을 듣고
하루 반나절 꼬박 땄다는 아버지

탱자 가시쯤 아무것도 아니었을까
마을 어귀에 있던 탱자나무 울타리, 나뭇가지에 흰 꽃
향기가 그윽했다

가시에 찔릴 것 같아
꽃을 꺽지도 열매를 따지도 못하고
서성거리기만 했던 그 나무그늘 아래에서

바구니 속에 계란을 만지작거렸다 손이 퉁퉁 부어

물집을 찌르면 엄마도 울었다 열여섯은 계속될 것만 같
았고 예감은 그대로였다 화장을 배웠다 아이라인을 그렸다

너무 많이 달라지지는 말라기에
알았다고 했다 봉긋해진 가슴을 감출 수는 없었다
오솔길은 나란히 걷는 길이 아니었다
나는 조용히 기다렸고
누군가 따라오다가 멈추었다

겨울설화

애야, 사흘 내내 눈이 내린 그해 겨울,
산돼지 사냥을 떠난 사람들 이야기를 들려줄까?

물푸레나무로 창을 깎아 들고
벼랑길로 올라간 사람들 말이야
벼랑으로 몰린 산돼지처럼
인간이 품은 환상만큼 아름다운 게
어디 있겠는가

일창이 나가면 천둥이 바위벽에 새겨지고
이창이 그 뒤를 따르면 번개가 계곡을 갈라놓지
북소리에 맞춰 두려움에 맥동이 오르면
몸 안 하늘땅을 굴렁굴렁이는
샤먼의 춤질이 까무룩 결박되는 이야기

집채만 한 나무가 움직이는 게 보인다면
삼창을 버리고 달아나야 한다

산돼지는 쉽게 죽지 않으니까
이건 신기루가 아니라 진짜 모험 이야기니까
숫양 뿔나팔을 높이 쳐들고
뿌우 뿍, 뿌우 뿍

돼지 배를 갈라 막 꺼낸 염통에
불 켜라, 불 켜라
감은 눈 안에 뜬 눈
능청능청 뿌리다가 어깨를 으쓱하고
땅 하늘이 맞붙어 하나로 빙빙 도는 춤

감은 눈 뜨지 마라, 얘야
진정한 사냥꾼은 자기 안의 두려움에
삼창을 겨눈단다
눈 위에 점점이 번져나가는 선혈처럼
어둠의 숲에서 잃어버린 서사가
저편 어딘가로 떨어지는 저녁 해처럼

꽃나무

향기가 없어요
향기가 없어도 꽃이 핍니다
꽃은 희고 검고
번쩍입니다
그는 벌거벗은 나무입니다
추워서 발가락은
길에서 주운 아이처럼
하루 종일 울고 있습니다

나는 꽃이 없어요
아이를 안고 걸어갑니다
돌아가야 합니다
꽃이 없어서 춥지 않아요
저 울음 우는 아이를 안고
집으로 돌아가야 합니다
품에 안긴 아이는 튀어오른 물고기처럼
나를 쳐다봅니다

나 : 이젠 끝이 없는 것 같아요

노인 : 그럼 시작은 있었니?

나 : 아버진 왜 거기 계세요?

노인 : 그냥, 여기 있고 싶구나 이 꽃나무를 먹어 보렴

나 : 맛이 너무 독하군요, 달콤한 맛은 아니에요

노인 : 늘 달라지는 맛이지

나 : 발이 여러 개네요 우리 함께, 걸어볼래요?

노인 : 무너지는 꽃나무를 사랑했단다

나 : 한 다발의 향기를 안고 나는 잠이 들어요

노인 : 이제야 발이 없어지는구나

나 : 계속 물고기 꿈을 꾸네요

겨울나무

겨울 산에 오르면
외로운 가지 끝으로 툭
말을 거는 나무가 있다

다정하게 휘어진 가지 위에
같이 손을 포개면
나무가 긴 팔을 뻗어와
바람의 안쪽을 어루만진다

겨울잠에 빠진 새들이
아직 비에 젖지 않는 글자들로
나무의 꿈을 꾸고 있다

부드러운 손끝으로
봄이 오는 방향을 가리키고 있다

숨바꼭질

아이가 숨바꼭질을 하자 한다
하나 둘 셋 넷…
작은 집에 숨을 데가 어디 있을까
눈을 감아도 어디 숨었는지 다 보인다

숨었니? 하고 물으면
아니, 아직-

엄마 뱃속에 다시 들어간 걸까
풍선처럼 비집고 들어가는 작은 발소리
장롱 속 소록소록 고른 숨소리

다시, 하나 둘 셋 넷…
찾는다 외치며
어슬렁어슬렁 장롱 앞으로 가는데

안 보이네, 어디 있지?
찾지 못하길 비는 마음

혼자 남겨질까 두려운 마음
그 틈 훌쩍 숨죽이는 아이

백만 번 되풀이되는 행복 찾기 위해
너는 꼭꼭 숨어 있고
나는 문밖에서 천천히
너를 기다린다

사랑니

아이가 소파에 앉아 입을 벌린다
입꼬리가 눈가에 닿을 정도로
아 아 아-

거인의 우물 안에 석류알이 박혀 있나?

핸드폰 플래시를 비춰가며
나는 한껏 입술 근육을 올리며
아 아 아-

포도원을 허문 건 숨은 여우의 짓이라지?

아이는 얼른 그것을 빼내
목구멍 깊숙이 삼켜버렸다

어쩌다 너는 사랑을 잃었니?
모양을 갖추려는 것처럼
자꾸만 커져서

행복주택 인섭 씨

철도노무원 인섭 씨의 즐거움은
아내가 채소, 과일을 팔아 벌어온 돈을 세는 것
간간이 흙이 묻은 만 원짜리를 털어내며
다리미로 돈을 다린다

각을 세운 선로 신호기처럼
빳빳한 지폐는 노란 레모나 통을 그득 채우고
자갈을 끌고가는 쇳소리를 듣는다

전기세 수도세를 제하고
아들 입학금을 생각하면 조금 모자라지만
오늘처럼 이렇게 운수 좋게 벌 수 있으면
월세도 면할 것이다 말없이
아들이 내민 쿠션 운동화에
인섭 씨는 기분이 좋아진다

무릎 연골은 닳아 없어지고
젊은 시절 노동으로 굵어진 손마디를

펴보며 다시 주먹을 쥔다
오늘 저녁에 마트에서 깜짝 할인하는
멕시코산 소고기로 미역국을 끓여 볼까
당신의 깊은 잠 속에 잠든 물고기도 한 마리 구울까
인섭 씨는 구멍 난 고무장갑을 벗어놓고
아내의 퇴근을 기다린다

이명(물고기의 밤)

빨간 난주 금붕어* 한 마리
밤의 지느러미 흔들며 귓속에 있다
배를 뒤집고 둥둥 홀로 떠 있는
하루의 끝이 지나고
생활의 불빛에 떠도는 뿌리 대신
내 몸 안 부레에 담은 공기

구피**도 초대하고
씨클리드***도 초대하고
작은 꼬리 살포시 안아주면
어항 바닥에서부터 미지근한 물의 온도로
끓어오르는 심장

밤 없는 시간은 이제 멈춰질까?

* 금붕어의 한 종류. 화금붕어를 개량한 어종으로 조금 예민하다.

** 구피는 키우기 쉬워서 관상용으로 많이 키우는 송사리과 민물고기.

*** 농어목, 놀래기아목 시클리드과에 속한 모든 물고기로 환경 적응
력이 뛰어나다.

마음속 피어 있는 시를 꺼내놓고
이상한 나라 말로 중얼거리는
우리는 각자 밤 위에 뜬 섬 한 채
그 섬의 어둡고 거대한 녹조로 밤새
뒤덮이는

알고도 모르는 것들을 생각하는
밤은 영원의 무늬

어느 날 밤물결 속에서 푸드덕
날갯짓하는 금붕어는
빨간 비늘 외투를 벗어놓은 채
어디로 갔는지 아시나요?

그림자 놀이

밤을 무서워하는 아이들은
돌아오지 않는 엄마를 기다리며
서로의 손을 꼭 잡고 누워 있다

까만 잠의 바닥은
몇 미터인지 모를 어둠의 깊이
한 발 내딛는 것은
버려진 동물처럼
아무렇게나 자라는 연습

작은 불빛처럼
담을 넘어 들어오는 고양이 울음소리
모양도 색깔도 냄새도 없는
까만 그림자를 좇아가는 동생들

외계인이 가장 갖고 싶은 게 뭔지 아니?
그건 바로 그림자래

누나는 손가락을 활짝 펴고
양 손 엄지를 엮어 새를 만든다

푸드덕 푸드덕 방 안을 몇 번 날다
컹컹 짖는 개가 되고
코가 긴 코끼리가 된다

한 마리 새가 갖고 싶어
그림자 없는 꿈을 꾸고 싶어
단순하고 아름다운 꼬리를 갖고 싶어

아이들은 세 마리의 검은 비둘기를 만들어
엄마가 보이는 하늘까지 날았다

지친 날개를 내려놓고
각자의 마을로 돌아가는 골목 어귀
허름한 엄마의 치맛자락이 환하게 흔들렸다

원웨이브

키 160센티에 몸무게 50킬로인 원웨이브* 친구는 30킬로 매트리스를 어깨에 둘러메고 3층까지 배달한 뒤 아침 7시에 퇴근한다

졸음이 밀려오면 종이컵에 믹스커피를 탄다 그래도 잠이 오면 눈 감고 온종일 하얀 파도 밀려오는 고향 앞바다를 생각한다
물구멍을 하얗게 비우며 바다가 떠오를 때
아무도 일생을 살다 올게, 하고 떠나온 것은 아니었다

꿈속의 기억은 느리게 느리게 뛰어다닌다 고양이가 생쥐를 잡지 못해 혀를 낼름거리고 다음 기회를 엿보듯이 희망이 잡히지 않는 고된 하루를 견디며 충혈된 눈으로 중얼거린다

- 새벽엔 부딪히는 사람도 없고

* 택배 회사에서 오후 9시 30분부터 새벽 배송을 위해 야간 근무하는 것을 말한다.

엘리베이터도 빠르게 탈 수 있어서 좋아

다리가 후들거리고 발바닥이 뜨거워질 즈음 이제 파도
가 그림자놀이를 하러 간다
잠 깨기 전이 현실이고 현실이 꿈이라면 어느 쪽이 행복
할까?

흙 묻은 운동화 뒤축을 탁탁 털며
한 발을 내딛는다

인어공주

목감기가 걸린 아흔이 넘은 어머니
목소리가 나오지 않는데도 잔소리 하신다

의자는 식탁 속으로 밀어 넣고! 설거지를 했으면 레인지
옆이랑 주변도 깨끗이 닦고 으! 흰둥이 밥그릇도 잘 닦
아놔야지 물도 새것으로 갈아주고 응! 걸을 때는 층간소
음 나지 않게 살살 걷고 응!

가족들은 급처방을 내린다
의사 선생님이 말 많이 하지 말랬죠! 말을 돈이라고 생
각해 보세요 한마디 할 때마다 20만 원 어치 쓰시는 거
예요
어머니는 머뭇머뭇 말을 못하고 문을 닫고 들어가신다

며칠 전부터 어머니는 섬에 사는 것 같다고 하신다
영원히 찾을 수 없을 것 같은 목소리로
깊은 바다에 혼자 떠 있는 부표 같다고도 한다
물거품이 되어 사라지는 마음처럼

거실 한쪽에 숨겨 놓은 봉숭아 꽃잎과 백반
붉게 손톱을 물들이는 어머니는
아직도 외로운 사랑 중임이 틀림없다

두 나무 사이

쭉쭉 뻗은 잣나무 사이
푸른 그늘이 좋아 해먹을 걸었다

캠핑을 할 때는 땔감이 되어주고
화로 옆에 앉으면 다정한 음성 같은
책이 되어주는 나무

차가운 물에 빠진 아이들
이야기를 읽다가 눈물이 주르륵
티슈 한 장을 뽑았다

어? 이것도 본래는 나무네

이해할 수 있을 것 같다
얼굴에 닿기 전
바람이 먼저 흔들리는 기분을

받기만 한 나는 나무처럼

누구의 마음을 빌려
눈물을 닦아 준 적 있던가

모닥불 앞 의자에 앉아
젖은 머리카락이 말라갈 즈음
문장의 온도를 생각한다

물거미

물거미는 평생 물속에 집을 짓는다
수면과 집을 왕복하면서 집에 공기를 채우고
공기방울로 된 방을 만들어 살아간다

퇴직 후에도 김씨는 아침에 서류가방을 들고 나간다
가방엔 얼굴을 닦는 타월 한 장과
소주 석 잔을 섞어 넣은 물병이 들어 있다

아파트 단지의 지하 주차장에서 엘리베이터를 타고
오르락내리락 숨이 차 오를 때
산소를 충전하듯 물소주를 꺼내 마신다

전단지 배포를 마친 후 집에 들어가기 전
그는 습관처럼 순대국집에 들른다
숟가락으로 건져올린 내장을 우걱우걱 씹으며
탁자 위 소주를 따른다

아이들이 커가면서 살림도 불어나고

세간의 한숨도 옅어질 즈음
자식들은 도시로 떠나고 아내는 자식을 따라가고
함께했던 웃음소리가 귓가에서 멀어질 즈음

차가운 고독의 바닥에 드러누워 천장을 바라본다

거미 한 마리 대롱대롱 눈앞에 매달려 있다
공기주머니 같은 허공에 갇혀
꽁무니에서 뽑힌 줄에 스스로 걸린 채

손님이 오시려나?
죽일지 말지 망설이는 사이,
소리 없이 줄을 칭 감아올려
재빨리 멀어지는 여덟 개의 다리

걱정을 거꾸로 매달고 사는 사람은
공기방울을 만들어 그 안에서 산다
늘어진 무게만큼 물이 흔들린다

2부

내 언어의 한계는 곧 내 세계의 한계다
- Ludwig Wittgenstein -

나쁜 혈통

엄마인 나는

바퀴 빠진 무대 마차 뒤집어져 일어나지 못하 거북 한밤
에 토끼몰이하는 사냥꾼 소금을 싣고 바다를 건너는 한
여름 낙타 생쥐에게 야금야금 갉아먹힌 고구마 지킬 박
사와 하이드의 두 개의 웃음소리 쑥대밭을 짓밟고 새우
잠 자는 코끼리 냄새에 쫓겨 종일 왱왱거리는 파리의 겹
눈 이미 기적을 이룬 물고기 두 마리 매일 짠 바닷물을
머금었다 내뿜었다 다시 삼키는 돌고래 무간지옥에 서
있는 소금기둥 놀란 올빼미의 눈 독을 쏘는 촉수로 사람
을 몰아가는 해파리

너는

매운 고추를 먹고 혓바닥을 털어대는 생쥐 철이 없는 메
뚜기 날마다 태어나는 사자의 어금니 손가락에 쩍쩍 달
라 붙는 떡 고물 무릎에서 털이 깎이는 잠잠한 양 질문
의 꽈리를 틀어대며 두 마리의 뱀 나를 보고 흔드는 여

우꼬리 읽지도 않고 책을 좍좍 긁는 고양이 깡총깡총 위
로 위로만 튀어오르는 토끼 십 년도 뛰어넘을 꿈을 꾸는
애벌레 마구 자라는 발톱이 양말을 뚫고 달콤한 내 피를
쪽쪽 빨아먹는 모기

감자의 이데아

싹이 난 감자들을 화단 모퉁이에 심었다
그러고는 흙을 더 넣어 두둑하게 북을 주었다
거름을 주지 않아도 잘 자랄 수 있을까?
그러면 좋겠지만 그렇지 않더라도
어쩔 수 없다고 나는 생각했다

고랑을 만들어 마르지 않게 매일 물을 주었다
며칠 뒤 검은 흙이 양쪽으로 갈라지는가 싶더니
작은 잎이 삐죽 세상 밖으로 처음 얼굴을 내밀었다
아기장수처럼 흙을 겨드랑이에 끼고 이마에 이고

더듬더듬 어둠 속으로 길을 만들었을 감자는
아아, 어디서 그런 힘이 났을까?

대견하고 기특해서
길을 걷다가도 그 잎이 자꾸 생각났다

며칠 뒤 나는 길고양이들에 의해 헤집어진 감자밭을

발견했다

엉망이 된 모습에 울컥 화가 올랐다
어쩌면 감자밭 화단은 나의 이데아였는지도 모른다
등 뒤 일을 보지 못하는
생활은 늘 동굴 안에 비친 그림자

몇몇 사람들이 걸어가며 화단을 힐끔거렸다
나를 위로하는 척 고양이를 내쫓으라는 이도 있었다
그 작은 잎이 그리울 때
시시해진 화단 풍경을 바라보다가 문득,
짙푸른 상추와 가지와 고추와 오이 씨앗을 다시 사와
이번 봄엔 거름도 듬뿍 주기로 했다

mother

아이는 고3이었고 나는 두 시간 거리의 서울로
대학입학시험을 치르기 위해 가던 길이었다

개찰구를 지나 우리는 서둘러 기차에 올랐다
덜컹덜컹 선로를 구르는 바퀴 소리
창밖 풍경을 바라보던 나는
읽고 있던 책을 펼쳤다
문득 시선을 돌린 순간 아이가 보이지 않았다
객실 어디에도 없었고
화장실까지 찾아봐도 보이지 않았다
나는 털썩 의자에 주저앉았다
불안이 스멀스멀 목덜미로 기어올라왔다

그때 흉측한 갑충 한 마리가 내 옆에 앉아
가느다란 수많은 다리를 움직이고 있었고
마치 나를 쳐다보는 것 같았다
벌레 처지에 할 말이라도 있다는 듯이
어딘가 내 심장을 조여오는 듯한 까만 눈동자

"책 속에 눌러 나를 죽일 거예요?"
나는 아찔한 현기증이 느끼며 재빨리 핸드백을 열었다
손수건을 꺼내 딱딱한 그의 등 위에 덮어버렸다

종착역에 도착했다는 안내 음악이 흘러나왔다
가방을 든 승객들이 줄줄이 기차에서 내리고 있었다
그때 눈이 마주친 여자와 남자 들 가방에서
여러 종류의 벌레들이 하나둘 기어 나오기 시작했다

사람들의 발길에 짓밟힌 벌레들
뭉개진 몸에서 내장이 찌익 터지는 소리
역사 바닥은 점점 진물로 얼룩졌고
고약한 냄새로 가득 들어찼다
발걸음을 떼는 순간
내 구둣발에 찌익 하고 터지는 내장
나는 두 손가락으로 코를 비틀어쥐고
서둘러 역사를 빠져나왔다
개찰구에서 나는 아이를 기다리고 있다

tissue

누군가 위로를 구하는 손 내밀 때
방금 다림질 마친 따뜻한 손수건처럼
눈 밑에 촉촉한 감정 우산을 펼쳐 든다
먼 옛날 지구 표면이 대부분 바다였고
산맥이 막 솟아나기 시작했을 때
강물이 안으로부터 모래를 품고
인간의 옆으로 돌아들 때
지구 한가운데에 서 있는 생명의 나무
대지를 붙들어 주는 식물의 뿌리처럼
천 개의 손으로 흙들을 떨굴 때
고요한 기도처럼
두 뺨으로 흘러내리는
우주의 물을 받아든다

나, 설명서

에프킬라를 먹은 모기
가게에 걸려 있는 활짝 핀 해바라기
짠맛을 걷어내는 오돌토돌한 혀
홍수 난 강물에 둥둥 떠 있는 돼지
숨어 먹고 있는 통통한 밤 벌레
동생의 머리핀이 된 아카시아 줄기
홍역을 앓고 있는 네 마리의 새
서툰 포수에게 잡힌 눈 큰 사슴
날카로운 이빨로 손톱을 물어뜯는 드라큘라
뿌리가 다시 돋아나는 사과나무
박쥐우산을 쓰고 콧수염을 쓰다듬는 신사
삐쩍 마른 개 한 마리를 사랑하는
웃지도 울지도 않는 마네킹
사전을 씹어 먹는 알을 까는 벌레
철이 없어 철분이 부족한 염소

기록

1. 틈새

아침 7:20-7:35 십오 분 사이

7:20:00　소파에서 잠이 들었다 인기척에 번쩍 눈을 떴
　　　　다 다시 감았다 놀랄까 봐 실눈을 뜨고 훔쳐보
　　　　았다

7:20:02　배꼽이 보이는 연두색 나시를 입은 채 하체는
　　　　속옷 차림, 귀에는 이어폰

7:20:10　한쪽 발을 청바지 가랑이에 끼우며 전신거울
　　　　앞에 선다

　　:13　어깨를 쫙 펴더니

　　:15　고개를 오른쪽으로 돌리며 하얀 이를 드러내
　　　　며 웃어본다

　　　　Let this groove, get you to move 고개를 흔
　　　　들며

　　:17　다시 왼쪽으로 돌려보려다 인기척을 느낀 듯

7:20:17　얼른 눈을 감는다

　　:20　눈을 다시 뜬다

Let this groove, set in your shoes 어깨를 흔
들며

:20 몸통을 오른쪽으로 살짝 돌려본다

:22 어깨를 다시 펴고 아령 드는 시늉을 한다

:24 만족스러운 듯 미소를 짓고
You`re out of sight, alright 고개를 흔들며

:27 다시 허리를 쭉 펴 숨을 크게 들이쉬더니

:30 갑자기 신문지를 가져와 거울 앞에 펼친다
Among the clouds in the heavens 허리를 돌
리며

:35 검정 부츠와 에나멜 구두를 들고 와 그 위에
놓는다

:40 검정 부츠를 신는다

:50 몸을 곧게 펴고 머리부터 발끝까지 훑으며 돌
아본다

:52 부츠를 벗는다

:53 검정 에나멜 구두를 신는다

:55 허리를 양옆으로 돌리더니 다시 곧게 펴고 크
게 숨을 쉰다

:57 턱을 오른쪽으로 한 번, 왼쪽으로 한 번, 돌리
     며 옆얼굴을 보며 웃는다
:60 구두를 벗는다
     Let this goove, set in your shoes 고개를 흔들며
7:21:50 신발 두 켤레를 현관에 가져다 놓는다
     :60 신문지를 접어 재활용 쓰레기통에 버린다
     So stand up, alright, alright 허리를 흔들며
7:35:00 방으로 들어간다
7:35:00 눈을 감는다

2. 버스정류장

오후 3:15-3:30 십오 분 사이
3:15 버스정류장 벤치 3번 버스를 기다린다
3:18 운동화 끈이 느슨해진 것을 발견하고 허리 숙여
     끈을 조인다
3:19 어떤 노부부가 천천히 다가온다

허 참 왜 자꾸 그 무거운 것을 가지고 다 가지고
다니는 거여

3:20 화를 내는 목소리에 뒤를 돌아보았다
할머니 양 어깨엔 크로스로 두 개의 가방이 매어
져 있다

3:21 남이사 상관 말어요 차분한 할머니의 목소리

3:22 순간 돌멩이 하나가 어디서 날아와 내 발 앞에 멈
춘다
응 15분 후쯤 도착할게
남학생이 전화를 하다가 나를 슬쩍 본다

3:23 눈이 마주쳤지만 서로 시선을 무시한다

3:24 노부부가 벤치에 앉는다 빈자리에 나도 앉는다

3:25 허 참 왜 자꾸 그 무거운 것을 가지고 다 가지고
다니는 거여

3:26 습관이야, 없으면 허전해요
라고 말하며 가방 지퍼를 열어 검정 비닐봉투 하
나를 꺼낸다

3:28 가로수 은행나무 열매들 검정 봉투에 주섬주섬

담자 할아버지도 일어나 주워 담는다
3:30 멀리서 버스가 오고 있다 네 사람은 모두 일어나
　　　버스가 가까이 오기를 기다린다
3:31 남학생은 바닥에 떨어진 돌멩이를 얼른 주워 든다
3:32 남학생은 내 뒤를 따라 버스에 오른다
3:33 창밖 검정 봉투를 두 손으로 벌리는, 열매를 집어
　　　넣는 손
3:34 소실점이 될 때까지 계속 바라본다

3. 다른 생각의 이어폰

밤 10:15-10:30 십오분 사이

내일은 비가 올 것 같아
지금 생각났는데 지난여름에 우리 뭘 했지?
도무지 기억나지 않네
엄마가 아픈 뒤로 신경을 많이 썼나 봐

약을 너무 많이 드셔
골다공증, 칼슘, 마그네슘, 오메가쓰리, 콜라겐, 유산균,
홍삼, 철분제, 엽산, 아이눈
다 외우지도 못하겠네
영양제가 먹는 밥 양보다 많다니까
이번 명절 선물은 건강식품 말고 그냥 현금으로 할까
어떻게 생각해?
응?
응?

4. 식탁 앞의 개

자정 12:15−12:30:05 십오분 사이
12:15　　　눈을 쳐다보았다
12:15:05　내가 보면 모른 체 다른 곳을 쳐다본다
12:16　　　눈을 쳐다보았다
12:16:05　내가 보면 모른 체 다른 곳을 쳐다본다

12:17   눈을 쳐다보았다

12:17:05   내가 보면 모른 체 다른 곳을 쳐다본다

12:18   눈을 쳐다보았다

12:18:05   다시 보면 모른 체 다른 곳을 쳐다본다

12:19   눈을 쳐다보았다

12:19:05   다시 보면 모른 체 다른 곳을 쳐다본다

12:20   눈을 쳐다보았다

12:20:05   다시 보면 모른 체 다른 곳을 쳐다본다

12:21   눈을 쳐다보았다

12:21:05   다시 보면 모른 체 다른 곳을 쳐다본다

12:30   (저 혼자 켜놓은 TV 화면) 빨간 하와이 레이
           꽃을 목에 걸어주자)
           개가 채널을 돌린다

검정콩으로 된 사전

1. 엄마

배가 아파 + 울음으로 만들어진 침대
발목이 꺾여도 보고 싶어 달려오는 여자
이름을 알고 있지만 이름을 지우고도
끝없이 부르고 싶은 이름
자갈 깔린 길 위에서
엄마는 침대처럼 부드럽고
물을 주는데 물이 스며들지 않는

2. 호기심

빵으로 칼을 썰어 봤음
비둘기를 만나 콜라와 새우깡을 먹여 봤음
개미들이 모여 있는 곳에 물을 부어 봤음
내가 너를 만난 건
우연한 사고였음

3. 탈고

팔팔 끓고 있는 미역국 거품을 걷어내는
나의 시는?
매일 읽어도 창피한 시큼시큼한 냄새
울렁울렁거리다 목구멍으로 우웩!

4. 슬픔

혼자 제사 준비를 하다가 기름이 튀었음
화농이 터지고 눈물도 터졌던 그날
붉은 여우 눈에 선글라스가 없네
모래바람에 파묻혀 점점 사라지는 다리

5. 좋은 시

새벽이슬로 친 거미줄
딱 하나만 걸려라
목 쭉 빼고 기다리는 별 하나
나 먹고 너 먹고 이 집 주고 저 집 주고 오무라이스 잼잼!

6. 시인의 꿈

엄마 심부름 가던 길에 친구를 만나
심부름도 까맣게 잊고 머리 위 물고기 두 마리
팔딱거리는 그물로 낚음

7. 최고

어제도 가고 오늘도 갈 나의 길 새로운 길*
똑같은 식사도 날마다 맛있다는 강아지
눈썹을 올리고 일 초도 망설임 없이 엄지를 세우는
너는 나에게! 나는 너에게!

8. 아티스트 웨이

의자에서 일어나 침대에 걸터앉았다 무릎을 세웠다가 턱
을 괴고 앉았다 다시 일어나 방 안을 맴돌다가 다시 바
닥에서 일어서기
내 안으로 뛰어드는 어린 나와 손뼉 치고 춤추며 리듬
타기

침대 위에서 홀로 순례자 되어보기

9. 믿음

사자의 아가리에 손을 집어넣고
송곳니를 살살 손가락으로 쓰다듬기
질질 흐르는 침 물지 않는 턱
…하게 참아내는 목구멍

10. 검정콩 머리카락에 매달기

rocking

with black beans

with black beans on one's head

rocking with black beans on one's head

11. 위안

어젯밤에 강을 건너 엄마를 만났어요
손을 잡았어요

추운 겨울바람 두 손 호호 불며 먹었던 삼립호빵

12. 예술

땅바닥만 보고 걷다가 진짜 오백 원을 주웠음
책상은 의자를 가까이 하지만
의자는 책상을 떠나려 함

You don't know what it's like

매일 저녁 그는 유튜브로 주식 시세를 듣는다 개미들만
바글거리는 좁은 방에서 그는 소음이 아니라고 우기지
만 내 귀는 이미 신경줄이 팽팽하다

그는 밥을 먹을 때도 시끄러워서 오도독 씹히는 총각무
와 궁채나물을 좋아한다 전자기타 같은 저 사람의 두 번
째 기타 줄을 끊는다면 어떻게 될까, 문득 궁금해지는
그런 생각

헤비메탈을 자주 듣는 그는 기타 줄을 이빨로 물어뜯는
지미 헨드릭스를 닮아간다

샤워할 때 물소리보다 두 배 크게 들리는 주다스 프리스트
드라이기를 내려꽂듯이 머리에 대고 머리카락을 사방으
로 흔들 때마다 바닥으로 뚝뚝 떨어지는 물방울

Feel as though nobody cares if I live or die
So I might as well begin to put some action in my life

You don't know what it's like

Breeeeeaking the law

Breeeeeaking the law*

*번역 : 내가 죽든 살든 아무도 신경 쓰지 않아 / 그래서 인생은 차라
리 행동으로 보여주는 것 / 넌 그게 뭔지도 모를 거야 / 법을
위반하라, 법을 위반하라

내가 말하지 못한 모든 것

발 디딜 틈 없는 방에 들어섰다 누추하지만 앉으라는 주
인 여자의 말에 나는 앉아서 지친 어깨를 뒤로 기대었다
갑자기 머리 위로 퀴퀴한 냄새의 빨래가 쏟아졌다 무릎
까지 쌓인 빨래 더미에 나는 묻히고 말았다 겨우 손으로
헤치고 나오니 옆에 세워져 있는 사과 박스가 있다 사과
박스를 들어 아이들이 지나갈 수 있도록 다시 빨래 더미
위에 올렸다

그때 까만 눈동자의 다섯 살 여자아이와 마주쳤다 진짜
내 걱정은 이거야 세상의 모든 여자아이가 강간을 당할
까 봐 걱정이야, 라고 나는 말했다 주인 여자는 금이 나
간 하얀 대접을 내밀었다 동물의 젖인지 알 수 없었지만
나는 사발에 담긴 흰 젖을 단숨에 마셨다 배가 아프기
시작했다 여자가 가리키는 벽장 안으로 들어가려 했다
어쩌면 어린 내가 살던 집으로 통하는 방은 아닐까? 그
때 아이들이 와아 하고 몰려나왔다 내 무릎에 달라붙고
내 신발 위에 앉고 내 팔에 매달렸다

아픈 배를 참고 아이의 머리를 쓰다듬어 주었다 손가락
사이로 땀에 절어 끈적이는 머리카락 마침내 혼자 남겨
진 나는 울기 시작했다 한쪽 눈에서 피가 흘러나왔다 안
구건조증으로 눈물 약을 찾는데 찾을 수 없었다 이번 생
이 망했다는 걸 나는 직감으로 알 수 있었다

야생 낙타

무리에서 떨어져 혼자 터벅터벅 걸어가는 낙타
늙고 병들어 버려진 야생 낙타는
볼록했던 쌍봉이 지방을 잃어
한쪽으로 기울어진 지 오래

쩍쩍 갈라진 척박한 땅에서 낙타풀을 먹는다
입안이 온통 가시에 찔리면서도
피로 붉게 물들 걸 알면서도
또 그렇게 견디는 하루

병든 몸은 쉽게 전염되어
조용히 무리로부터 돌아서는 것

고요 속 마주치는 바람 소리
낙타는 비로소 자신이 혼자임을 받아들였는지 모른다

흔들리는 모래바람이 긴 속눈썹에 앉아 쉴 수 있도록
마치 요령 소리에 멈추듯이

길게 뺀 낙타 목에 서쪽 태양꽃을 걸어주고 싶어
메마른 풀들이 부지런히 긴 등뼈를 모으고
구멍 난 뼈들은 도마뱀의 꼬리 짓에 바스라진다

떠다니는 완전한 구름 아래에서
낙타의 영혼이 다시 숨을 쉬는 건 아닐까
모래바람이 주는 회오리춤은 어쩌면
최초의 먼지로 다시 태어나기로 약속한 건지도

통제할 수 없는 모든 것
더 가까이 나는 고비사막에 다가간다

독서

독수리 세 글자를 노란 형광펜으로 밑줄을 그었다
그러자 독수리가 내 옆에 긴 발톱을 세우고 앉아 있다
코끼리 세 글자를 파랑 형광펜으로 밑줄을 그었다
그러자 코끼리가 책상 옆에 앉더니 내 침대 위로 올라갔다
너구리 세 글자를 빨강 형광펜으로 밑줄을 그었다
그러자 너구리가 조용히 침대 밑으로 들어간다
슬금슬금 나도 따라 들어간다

오늘 하루

당신이 출근하고
나는 당신의 파자마를 입습니다

힐링하고 넉넉한 통풍은
하루 종일 시집을 소리 내어 읽어주더니
내 기분을 흔들어 주네요

비가 와요 봄비인가 생각하다
구겨진 우산들 모두 꺼내어
거실 바닥에 펼쳐 봅니다

토독토독 떨어진 빗방울들 사라지고
펼쳐진 살대에 붙은 뚜렷해진 통살은
서로를 의지한 채 포옹하네요

제라늄 화분이 놓인 붉은 창가에서
평화로운 식사를 마치고
하품하는 초록 눈 고양이와 눈인사 나누어요

무지개처럼 반짝이는 하트 모양 목젖
울음소리 대신 당신의 목소리가 귀에 걸리고
어슬렁거리는 발바닥을 따라가는 당신

오늘은 가장 신나는 하루가 될 거예요

사전 만들기

1. 그릇

먹지 마세요 사라진 입술에 마른 루즈처럼 잠시 그렇게
받아 주세요

2. 식욕

깨물고 먹고 싶은 강아지는 다리를 오므린 채 드러누워
입맛을 다신다 낮에 뜯어 먹은 매미가 생각나나 보다 가
끔 나도 너의 머리를 먹고 싶어질 때가 있다

3. 새날

가두 투쟁을 마치고 선배는 우리를 하숙집에서 재워 주
었다 선배가 말했다 새날이 왔어 확신에 찬 눈빛으로 다
음 날 아침 나는 우리의 속을 풀어줄 해장국을 생각했다

4. 김장

엄마는 나를 끝까지 물고 늘어졌다 죽어야 끝나는 게임

5. 갱년기

오늘 하루의 일기를 살아 낸 것 사람의 얼굴만 봐도 눈
물이 난다

6. 결혼

아주 괴롭거나 아주 행복하거나, 아주 그저 그렇거나 네
가 있어 일이 생기는

7. 맛

잊을 수 없어 달콤하게 먹어 본 혀의 수기

이탈

그리움은 가끔 한낮의 햇빛 아래 서 있던 오토바이처럼
부르릉 거리며 녹슨 소리를 냈지 그런데 이상하더라 떨
어져 보니 누가 나를 더 진심으로 사랑했고 누가 내 더
행복을 가져다줄지 먼 거리에서 안 보이던 것이 더 잘
보이더라

달걀 위에도 꽃이 핀다는 것을 오늘 알았
어 내 몸 크기만 한 그림자를 가지고 머리
가 푸르스름하게 싹을 틔운다

1

산책 다녀온 개의 귀에 붙어 있는 진드기, 손으로 집어
꾹 눌렀다 피가 툭 터지자 가슴이 쿵하고 손이 덜덜 떨
렸다 획득된 모성은 사라지기도 하는 걸까? 내가 걷기를
바라는 나는 서서히 나를 죽이기로 결심했다

비난의 화살을 받은 그의 방, 못에 걸린 옷들이 어깨를
올린 채 쳐다보고 있다 만나서 친하게 지낼 수 있었는데
그러지 못했다 출발이 없는 곳에 목적지는 없다

새벽에 아빠와 수영장에 다니는 동생을 보고 큰아이가
말한다 너는 뭐가 돼도 되겠다

낫으로 웃자란 쑥을 베어와, 보릿겨와 반죽하여 마음처
럼 아무렇게나 반대기를 지었다 눈 돌아간다는 말, 무슨
뜻인지 알겠다 오래전 먹어본 음식은 죽기 전까지

잊지 않는다는 걸
내 몸 크기만 한 그림자를 가지고 의식의 흐름대로 살려
고 신경과 약을 먹고 있다 가지에 꼭 붙어 있어야 열매
를 맺으니 다리 오므린 채 두 손으로 매달려 있는 거야

2

황금과 다이아몬드를 좋아하는 이유는 변함없는 색과
빛을 유지하기 때문이라는데 그것이 내 생각이 아니어도
그냥 좋다 욕망이 없는 결정체가 없는 빛이 없는 모든 것
을 내려놓은 이 상태

사진 속 너희는 여전히 웃고 있구나 욕망과 매력을 뽐내
면서 조화로 만든 장미 다발을 흔들면서
너의 금발을 내 머리 위에 얹어 가발로 쓰고 휘발된 웃
음을 웃어 보였어
이마와 눈이 앞뒤로 달린 두상, 머리카락은 잘 빗질된 채

옆으로 흘러내리고
너의 머리카락이 바닥까지 흘러내려 내 발 앞에 멈추었지
나는 무서워지기 시작했어

정말 너를 사랑했을까
남이 갖지 못한 욕망을 가지고 있다는, 콧수염 하나만으
로도 삶을 지탱해 주었어 달걀 위에도 꽃이 핀다는 것을
오늘 알았어

잘 찾아봐, 숨은 그림 속에서 찾을 수 있는 무엇을
그럼 무덤 위에 너의 집을 짓게 될 거야

3

그는 내게 50억을 준다고 했다
미지근한 나의 마음을 들킨 것 같다

잘린 손톱을 집어 먹고 쥐가 탈이 났나 봐 욕망만큼

자란 손톱 엄마의 뱃속에서부터 자라온 뿌리가 듬성듬
성 나더니 머리카락이 푸르스름하게 싹을 튀운다
가냘픈 손목에 향수를 듬뿍 바르고 길고 탐스러운 머리
카락이 곁을 스칠 때
알몸이 되어도 부끄럽지 않은 공중목욕탕에서 옷을 하
나씩 벗고 안으로 채워진 옷을 입는다

알 수 없는 어린 병사들의 설움

밤마다 신발이 울고 있네

세찬 지시를 찾아 신발은 하루 종일 빗물을 기다리거나
더 많은 증오를 모으려고 공중으로 점프를 하네

발목과 얼굴이 마주 누워 침상이 흔들릴 때마다 순찰 대
장이 소리쳤다 "비가 오면 전쟁이 없는 거냐? 모두 제자
리로!"
새로운 명령에 끌려 쿵작작 쿵작작 전쟁이 시작되고

그러자 아무리 애써도 집을 떠날 수 없다며
어디쯤 V 자 모양으로 굳어 있는 한 신발이 훌쩍였다

퉁퉁 불은 라면발처럼 눈물 콧물 빗물이 하나로 뭉쳐 호
흡곤란을 일으키다가 꿈속에서 엄마의 집으로 돌아가곤
했다

느티나무 옆 쪼그리고 앉아 쉬고 있던

누군가가 속삭였다

전쟁의 시작은 이런 건가?

긴 눈썹은 가만가만 깜빡이고

어둑한 하늘을 떠도는 해파리 같은 케이블카
발광하는 불빛 아래 우리는 낭만포차에 앉아
꼬물거리는 라면을 먹었어

우리 이야기를 하자면
훨씬 앞에서부터 시작해야 한다고 말했지

'넓고 넓은 바닷가'를 멜로디언으로 후후 불 때
풍랑에 휩쓸린 고기잡이배처럼 늙은 내 손가락 연골도
영영 어디론가 사라질 거라는 상상, 해본 적 있니?

칼칼한 라면을 불어가며 식탁 앞에서 눈으로 읽는 문장들
홍합과 낙지 몸통을 섞고 오늘의 미래에 박힌 진주처럼
목구멍에 호로록 밀어넣었지

얼굴에 표류하는 생의 흔적들을 서로 마주 보다가 우리는
연신 휴지로 콧물을 찍어내며 까르르 웃음을 터뜨렸지
결혼도 자식도 병 듦도 없는

도무지 알 수 없는 시간에서 왔지만
어쩐지 나는 서로를 짐작하는 나이

밤보자기를 덮어쓴 어린 철인 같은 초승달이
밤바다 위에 긴 눈썹을 가만가만 깜박이네

우리가 공중의 새를 무엇이라고 부르든지

항아리에 두 마리 뱀이 엉켜 있고
새가 주둥이에 앉아 있다

아이가 피아노 건반을 두들기고 있다
띄엄띄엄 건반이 튕겨 올리는 하얀 알들

갓 부화한 새를 본 적 있는가?
교묘한 고음과 저음이 암컷과 수컷의 이쪽 귀에서 저쪽
귀로 도착하는 사이
어린 새를 안전하게 지켜 달라는 기도

한 달 내내 기침을 달고 있던 아이는
항아리로 가만히 손을 뻗는다
상처 난 주둥이로 물이 달콤하게 스며들고
똬리를 풀기 시작하는 뱀

홀로 천사와 싸우게 된다 해도
이제 아이는 항아리에 갇혀 있지 않을 것이다

손바닥 위로 통, 하고 뛰어오르는 새

뾰족한 부리도 팔딱이는 심장도
포근한 날갯죽지 안의 알들도
모두가 온전하다

다리 위에는 나무가 없다

어제보다 추운 날씨 시흥대교 위 차들은 꼼짝하지 않는
다 지루해진 나는 옆 차선의 차들과 인도를 걷는 사람들
과 차 안에 있는 사람들을 바라본다

트럭 안의 남자는 이빨에 낀 뭔가를 빼려는지 손가락을
입에 넣고 힘을 쓴다 반쯤 열린 차창으로 눈이 마주친
순간, 놀란 나는 무심한 듯 고개를 돌렸다 어쩌면 그는
모처럼 아내 생일을 맞아 소고기미역국을 끓였는지도
모른다

못다 한 문장은 한 얼굴을 불안케 하고 쾌와 불쾌 사이
에서 영원히 사라지질 않아
차들로 막혀 있는 다리 위의 풍경은 정지된 순간이 있다

헤드폰으로 귀를 막고 자신의 내부를 걷고 있는 젊은 여
자, 일자로 기운 입꼬리가 발을 질질 끌고 가는 노인, 종
잇장 같은 얼굴이 팔락팔락 미지의 세계를 넘기는 고등
학생 다들 영원한 불행 속에 빠질 것 같은 물 위 다리

위에서 문득,

가까운 나무는 없다… 가까운 나무는 없다…

3부

아름다움이란 우리가 간신히 견딜 수 있는
공포의 시작이다
- Rainer Maria Rilke -

벽지를 바꿔야 하는데 못하고 있고 긁히
는 소리에 나는 눈을 뜨고 모른 체하며 일
어나고 싶을 때 나는

집은 꽉 차 있는 것 같지만
빈 공간이라는 것을 나는 착각했다
카우치에 앉아 잠든 나를 본다
다시 눈을 뜨면 맞은편 소파에서 책을 읽고 있다

횡경막이 오르락내리락할 때 무언가 낮게 긁히는 소리
조용해서 내 귀는 더 커지고
저 벽을 덮고 있는 벽지 무늬처럼
나는 어떤 패턴을 가지고 있다
오랜 시간 그것이 거슬렸다

이상한 마음을 없는 척 모른 척하기로 한다
스스로 뽑는 소리를 어쩌겠느냐 묻는다면
나로서는 할 말이 없기에

기억 안에 이 순간을 박제해 두고

나는 소리 없이 카우치에서 일어난다

병든 개에게 선택된 습관처럼
밖으로 산책을 나왔다

개가 고집하는 풀밭과
내가 걷는 인도를 바꿔보았다

발에 밟히는 풀들은 푹푹 쓰러지고
나는 그것이 거슬려서 다시 위치를 바꾼다
마음이 한결 편해졌다

적당하게 비춰주는 햇볕과
적당하게 목줄을 당기면서 계속 공원을 걸었다

오리

호수에 드리운 산그림자
오리들이 고개를 처박고 움직이지 않는 물 위의 풍경
미세한 떨림에 집중하는 낚시꾼의 손처럼
돌처럼 멈춰 있는 오리 떼

물 위로 흐르는 양털 장갑 한 짝
어인가 위치를 지우느라 헤매는 나뭇잎
오리가 혹시 죽었나 하고 나는 조약돌을 던져본다

시의 물결을 따라 흔들리는
뱃머리에 앉아 노래하는 어떤 여자의 웃음소리가
들리는 것 같아

배가 빙글빙글 원을 그리며
어둠을 뚫고 나아갈 때
누군가 휘파람을 불자 피라미 떼가 튀어오른다

손끝에 어긋나며 부는 바람

고요를 밀어내고 가볍게 좌우로 흔들리고
높아진 물결의 수위만큼 나는 입술을 핥는 물뱀처럼
물그림을 그리지

지그재그로 날갯짓하는 새의 커다란 깃털
나는 차가운 물에 손을 댔어
질끈 감았던 고유의 냄새가 만져지고

숨겨진 본성이 일어나
살아나는 꿈을 다시 더듬고
위로를 건네는 나에게
죽은 줄 알았던 오리들의 명랑한 자맥질

발목 없는 무용수

춤에 관해 말할 때 나는 자주 발목을 잃어버리곤 합니다

어디선가 물은 끓는데
돌고 도는 목성의 얼음띠 같은 내 작은 영혼들

관객도 없는 저녁의 무대에서 혼자 추는 춤은 소멸에 가
까워서 아름답습니다

발끝을 세우고 문턱을 넘지 못한 생각들은 무너지고 다
시 무너지겠죠

탁, 깨진 계란은 어제의 경계가 되고 식탁은 숲을 닮아
갑니다 숲은 파닥이는 날갯짓이 됩니다 점점 더 영원에
가까워지는 몸짓
이제 물은 끓어오르다 못해 넘치고 있습니다

알아보겠습니까, 더듬이를 가진 감각들이 차례로 팔이
되어 움직입니다

조명은 무용수의 이마에 머물고
수행자의 두 손처럼 손을 모으고

그랑플리에의 마음으로
점프 점프 점프

미스트

그리하여 도시의 금빛 노을교에서 안개가 몰려왔다

늦은 밤 휴지통에 던져진 종잇장처럼 안개에 익숙하지
못한 그들은 뒤엉켰다
바퀴 축이 틀어진 차들과 부서진 파편이 어둠에 밟혀올 때
차 밖으로 무심히 튀어나온 노란 고양이 한 마리
그저 그뿐,

구조 차량과 응급 사이렌이 안개 속 작은 물방울처럼 강
물 위 다리를 이리저리 떠다닐 때

멈춘 차 안 사람들만이 흘깃거릴 뿐
영원히 그곳에 있을 것처럼 고양이는 가만히 앉아 있었다

이윽고 작은 울음만을 남기고 풀숲으로 사라졌다

그저 그뿐

고양이가 떠난 자리는 고요했고
열린 차창으로 음소거된 장면이 다시 밀려왔다

역방향

나한테서 나쁜 냄새가 나는 것 같아
엄마 모르게 태어난 나와 같이
한 개의 숨소리가 들려온다

바깥이던 것들이 안이 되어버린 것들
독감에 걸린 엄마를 보러 가는 길

덜컹거리는 기차에 앉아
터널 속으로 들어온 후
뿔뿔이 흩어지는 사람들 사이
아무도 손 흔들어줄 사람 없을 때
그들 안에 나는 아직 남아 있을까?

끝이 나기 전에 죽어버린 주인공이
계속해서 주인공인 시리즈 영화처럼
누군가 나를 물고 또 물어뜯는다
팡, 하고 터질 때까지
하나의 구멍으로 터져 떠오르지 못할 때까지

나조차 나에게 말 걸지 않을 때까지

터널 안 내 뒤에 서 있던 젊은 여자가 스르르 불타고 급
기야는
목이 불길에 휩싸인 채 목만 땅에 떨어지는 장면…

끝까지 내몰린 사람만이 아름답다

턱에서 쇄골까지 이어지는 목선의 여자
이젠 나도 알아, 정말 이해하게 되었다고
내 심장을 다섯 개 손가락으로 쥐어 본다면
따뜻할까 부드러울까

선로를 따라 걷다 다른 공기의 세상
무언가로부터 벗어나는 기분
신발을 끌며 엄마에게 다가갔다

겨울강에 두고 온 것들

강 건너에 파란 지붕이 누워 있고
눈을 맞은 겨울나무들도 물 위에 누워 있다
길을 따라 전선들도 누워 있고 들판도 누워 있고
젊은 사람들은 모두 누워 있다

얕은 물웅덩이에 여자의 그림자가 이중으로 비친다
하나는 물 위에 하나는 비탈에 서 있다

고요히 흐릿하게 흔들려
마음의 일부가 계속 흔들리고
강물 쪽으로 햇빛이 흘러들어 얼굴에 반사될 때
무늬를 느끼며 태양의 빛을 먹어보면?
어떤 맛일까

아름다운 검은 무늬들
머릿속에 있는 단어들을 한데 쌓아 기를 모은다
잘되지 않지만 그것도 과정이라고
경련이 일면 영원한 봄을 기다렸다고 전해 줄래?

머뭇거리는 사이 빛들이 들어와
종유석처럼 자라고
나는 노란 잎 같은 손을 더 멀리 뻗어 본다

강기슭은 여전히 차갑게 흔들리지만
공처럼 둥글어진 심장은 멈춰 서 있다

추락

광장시장 노포 앞에 서서 호떡을 먹고 있었다
회색 비둘기 한 마리가 날아와 끓는 솥 안으로 떨어졌다
깜짝 놀란 노포 주인은 어쩔 줄 몰라했다
까맣게 탄 비둘기를 뜰채에 건져 올려
평소처럼 집게로 탁탁 두 번 치고는
기름기까지 쏙 빼냈다
지켜보는 손님들은 기겁했고
젊은 여자들은 소리를 지르며 뒷걸음질쳤다

어린 깃털이 자라 흰 띠가 둘러진 채
바람을 가르며 몸을 떨었던 기억
일상의 궤도에서 비둘기는 왜 미끄러졌을까?
구구구구 걸어가면 세상은 비둘기 앞으로 돌진한다
탁자 위 음식은 썩기 시작하고
도시의 소음 속에서 눈 멀고 귀 먼 나는
부서진 마음을 안고 뒤뚱거리며
시장통을 빠져나왔다

불균형

도서관에서 빌려온 신간 소설을 협탁에 놓으며
여자는 중얼거린다

깊은 잠에 빠지고 싶어!
엎드려 한쪽 손을 칼처럼 귀밑에 대고 소설을 읽는다
졸음이 몰려오면 책을 흘려놓고
뒤척이다 다시 책을 집어든다
물을 마시거나 전화벨이 울리면
태연하게 내 베게 위에 책을 내려 놓는다

나는 그녀의 책들이 무섭다

여러 사람의 손을 거쳐
누군가는 변기에 앉아 읽다가 바닥에 내려놓았을 책들
몇 방울은 튀고 몇 방울은 스며들었을 책들

문학과 고전은 이불 속으로 허락해 줄지라도
오톨도톨 올라오는 내 뺨 위의 뾰루지와

베갯잇 어딘가 묻었을 그것들은 내 몸의 일부가 되었을
것이다

돌아온 수면 안대를 귀에 걸치고
수화기를 내려놓는 여자에게
나는 말없이 팔베개를 해준다

저 연결, 연결… 음파로 연결된 전화기를 만진 그 손
여자의 귓가에 부딪히며 대었던 목덜미에 수화기는
꿈틀거리는 전화기가 내 입을 확 틀어막는다

의자

너는 드르륵 의자를 끌어다 앉았지
푸른 이마가 낮아지고
어깨가 거북처럼 움츠러들어
두 시간째 책상 앞에서
꼼짝 않고 있었지
기지개를 켜듯
순간 개가 방석에서 일어나
의자 밑에 들어갔어
몸을 동글게 말고
마치 오장육부를 보호하듯
꼬리까지 동그랗게 말고
의자 밑에서 졸기 시작했어
너는 천천히 숨을 깊이 내쉬고
어딘가로 아득한 눈길 보낼 때
나는 우뚝 멈춰서서
발바닥으로 커다란 의자를 돌리던 곡예사처럼
한눈팔면 모서리에 찍힐까 봐
두 발에 힘을 주었지

흰 개가 물끄러미 나를 잠깐 쳐다보았지
아무도 말 걸지 않는 너의 세계에
손을 내밀고 싶을 때
미지의 곳에서 한 줄기 바람이
조용히 창문을 닫아 주었다

막달라 마리아

기억하나요
모자를 눌러쓰고 네크라인이 깊게 팬 검은 벨벳 드레스
입고 고개 숙인 채 소리 없이 울던 여자

러시아 툰드라 숲에서
눈 덮인 무덤가에 서 있는 나를 보았지요
나는 두 손 모아 빌고 있었지요

온몸에서 털이 자라기 시작해요
흰 털이 난 자리에 까만 털이 밀고 올라오고
손으로 만져보면 단단한 붉은 결절
듬성듬성 노랗게 곪아가는 것을 보며
창피하고 끔찍스러웠죠

눈보라가 휩쓸고 간 자리엔 무엇이 자랄까요?
알았다면 잠에 빠진 나를 버려두었을 텐데

지문 같은 홍채는 기억하나요

무덤을 틀어막은 바위가 열리고
가만 나를 바라보던
평온한 심장과 뜨거운 입김을

종려나무는 기억하나요
우물 위에 흔들리던 이파리 하나를
그때부터 말씀이 시작되고
천천히 내려오던 햇빛 한 줄기를

마그리트

쏟아지는 모자를 맞은 것처럼
무게에 대해 생각한다

꽃잎 같은 사과가 떨어질 때도
새가 태양을 잡아먹고 깃털을 흔들며 물속을 날고 있을
때도

떠오르는 망치에 맞아 죽어가는 여자 목과 다리뼈가 앙
상한 몸에 착 감겨 있는 하얀 실크 레이스 옷 눈과 콘크
리트에 깊은 주름을 보인 채 원단이 계속 풀려나가자 떨
고 있는

모든 것을 덮고 있던 매혹의 허울 엉킨 올을 잡아당기니
봉제선부터 한 올씩 풀어지고 정수리는 구멍이 나고 결
국 알몸으로 앉아 있다 응당해야 할 일을 하는 것 외에
는 어떤 것도 요구한 적 없는데 낡은 생활 속에 겨우 목
숨을 끌어안고 산 얼굴

너무도 많은 기억이 뒤섞여 있어
몸과 하나로 합칠 수 없다
단지 조금 이상하게 계속 소리 내 웃을 뿐
머릿속에서 빨간 장미꽃이 자라기 시작한다

접촉

빗방울이 창문을 두드리자
아이가 집을 나온다
나는 나 말고는 아무도 믿지 않아, 라고 믿으며
또박또박 박힌 돌 길을 따라
다가오는 새풍의 방향을 가늠한다

높이 흩날리는 작은 발목이 있고
아이 키만큼 자란 여름 옥수수가 있고
그네에서 굴러떨어진 울퉁불퉁한 햇빛이
망막을 간지럽히는
모든 것이 오후 속에
그날 하루 찬란한 여름 속에

울음은 다 사라지고
아이는 풀이 된다 이끼가 된다
자신으로부터 나무들이 멀리 떨어질 때
주먹 속에 울음과 함께 돌아간다
접촉한 적 없는 처음이었다

말의 예측

누군가 미울 때는 내용이 없다
먼지벌레가 모서리를 먼저 뭉쳐서 오듯이
각도가 조금 긁히고
공간이 조금 틀어지고
입술을 살짝 깨물듯이
질리게 한다, 라고 나는 쓰고
그것이 지나갈 때까지 기다린다
쾌와 불쾌 사이,
어정쩡한 입으로 계속 반복하는 그것을
목젖에 가둬 놓은 매실처럼
컴컴한 판타지의 세계처럼
남은 일생을 베란다 보일러실에서 보내는
싹 난 감자의 눈빛처럼
그와 그녀, 그의 그 사이
나와 그, 그녀들과 그 사이
못 본 듯이 본 듯이
본 듯이 못 본 듯이
뜻밖의 말이

오늘도 같은 호르몬

말라비틀어진 지렁이만 골라 먹는 재미가 있다
날아가는 새를 보면 흥분하며 왕왕 짖어댔다
밥그릇 앞에서 꼬리를 흔들며 빙글빙글 돌고 돌고
껌을 가져와 아그작 씹고
창밖을 쳐다보며 졸린 눈으로 깜박이다
가만 다가와 무릎에 턱을 기댄다

흰둥이 머리를 쓰다듬고 만져 주었다
뾰족한 이빨을 하나씩 접어두고는
긴 혀를 내밀어 내 손을 핥았다
우리는 옥시토신*을 품어내며 중독되었다

*호르몬의 종류 : 쾌감을 주는 도파민. 기쁨을 느끼는 엔돌핀 평안을
주는 세로토닌. 일체감을 느끼게 하는 옥시토신.

힘 빼기의 기술

들리니?
마른 꽃잎이 바삭한 깊이로 앉을 때
칼로 베어도 아프지 않은
물속에 얼굴을 넣고
가만한 숨소리만 들릴 때

나, 보고 있어?
팔을 부지런히 저어 수면 위로
지친 명랑이 번들거리는 시간
조개가 입을 벌렸다

몸이 들어선 어느 날
좌초한 껍데기
피도 흐르지 않은데
오래 살다 보니 산으로 자랐다는
어느 늙은이의 말처럼
꽉 다물린 후로는
어떤 힘으로도 움직이지 않았네

들리니?
그것은 몸의 안쪽으로
근육을 키우는 일과 같아서
스스로 불이 일고
몸 밖으로 발을 내밀어
말을 거두어들인다는 걸

구멍 난 양말

요즘같이 살기 좋은 세상에
구멍 난 양말은
버려야 하는데

기우면 멀쩡한데 왜 버리냐고
누군가의 수고 없이 거저
나오는 물건이 어디 있냐고
잔소리처럼 들리던 아버지 말씀에
바늘과 실을 찾아왔지만

양말을 뒤집어 꿰매려니
고된 눈물의 냄새가 난다

쿵짝쿵짝 24시간 박자를 맞추며
쉬지 않고 돌아가는 편직 기계에
사장님은 '땡벌' 노래를 크게 틀어 놓고
원사가 토시 형태로 길게 짜지면
그 뒤로 앞코를 꿰매고 뒤집고 다림질했겠지

발등의 도화지에 예쁜 수를 그려놓고
이루지 못한 화가의 꿈을
땀방울로 수놓았겠지

홈질 홈질
박음질 박음질 박음질
나도 '땡벌' 박자에 맞춰
육중한 내 몸 끄느라
지쳐버린 발 뒤꿈치를 안으로 감싸며
다시 한 번 용기 내어 뛰어다녀라
버텨봐라 지지 마라 마음 묶으니

뒤집어 휙 버려질 인생 없다고
내 곁에 남아 줘서 고맙다고
서로 고쳐가며 사는 게 삶이라고

남아 있는 한 쪽이
안도의 한숨 쉬며

환하게 웃으며 말을 한다

휴, 다행이다

생강

황소가 천장에서 내려와
밍크 이불 장미 가시에 뚝뚝
검붉은 바람의 맨다리를 드러내고

누군가 잠든 나를 흔들어
뉴슈가와 소금에 구운 감자를
입안에 넣어 준다

이런 날 장사가 잘된다며
한 주먹씩 생강을 고무통에 꽉꽉 채워
눈발 속으로 사라진 엄마

꼬마 유령처럼 이불을 쓰고
나는 그 뒤를 따라간다
읽던 책을 덮고

…기억하기
…속마음 찾기

…다른 생활 상상하기
…간밤의 꿈 떠올리기

시린 무릎 위
생활을 오래 덮고
기다리는 겨울밤
엄마가 좋아하는 게 뭘까

자꾸만 물음이 생기는
긴 하루

베를링턴테리어

여수 행 기차 안, 옆자리에 앉은 여자의 가슴춤에서 갑
자기 하얀 털뭉치가 고개를 내민다 여자가 휴지를 꺼내
어 개의 침을 훔친다 아으이아으이 하는 불안한 신음소
리 지나가던 역무원이 주변을 한 번 둘러보고 뭔가 말을
하려고 한다 우리 개는 안 물어요, 개를 품에 안으며 여
자는 차가운 눈빛을 되쏜다

축화설 늑대의 본성을 누르고 작고 귀엽게 진화했다는
개는 왜 하필, 인간과 사랑에 빠진 걸까 나는 개를 만진
손으로 의자 팔걸이를 만졌을 위생에 대하여 생각하고
공중에 떠다니는 털과 침, 분비물을 생각하고 천식으로
병원에 가니 폐에 털이 가득 찼더라는, 진위를 알 수 없
는 이야기를 떠올린다

여수역에서 내리자 나는 택시를 잡으러 갔다 건너편에
여자의 캐리어에서 주둥이만 내민 개를 데리고 서 있다
주인의 얼굴에서 떨어지지 않는 까만 눈동자

개를 개답게 좀 키우세요! 택시의 트렁크가 쾅 닫히면
서 택시 기사가 목소리를 높인다 베를링턴테리어는 보
우 넥타이를 가다듬으며 헛기침을 하며 캐리어에서 걸
어 나온다 내 새끼 안 태울 거면 닥쳐요, 여자도 맞받아
쳤다 열렸다 다시 닫히는 트렁크

저, 실례합니다…… 베를링턴테리어 앞에 벤츠 한 대가
멈춘다 개는 사뿐거리는 걸음걸이로 벤츠 안으로 들어
간다 저 택시 앞으로 조용히 지나갑시다 베를링턴테리
어가 양복 안주머니에서 지갑을 꺼내 지폐 열 장을 택시
기사에게 건넨다
스프링처럼 튀어오른 긴장이 두 사람 사이로 우아하게
떠난다

주차장

2초 차이로 5천 원이 결제되고 차단기가 올라갔다
초보운전이라고 적힌 앞차를 쳐다본다
다시 액셀을 밟는다

웃음 뒤 언제부턴가
입꼬리를 자르고 싶었다
그러려면 수염을 떼어내고
긴 손톱을 세워야 한다

농담은 참을 수 없고
거짓말을 생각하는 그것이 있다는 상상
그림자에 눈알을 붙였다
흥분을 가라앉히는 악수 한 번

층간소음이 비극으로 끝나는 일가족처럼
서로 쳐다보고
웃기만 하는 병에 걸려 있다

무한은 없고
무한으로 간다고 생각하는 그것이 있다는 상상

밤이었다
그곳에 다다랐다
바다 앞에서 나는 모자를 벗고
브래지어를 풀었다

이 시들은 무엇을 잘 말하기 위해 쓴 것이 아니라, 끝내 다 말할 수 없었던 마음 가까이에 머물기 위해 쓰게 되었다. 어떤 날들은 분명히 지나갔는데도 끝내 내 안에 남았다. 나는 그 잔여를 바라보았고, 쉽게 이름 붙일 수 없는 감정들 앞에서 오래 머물렀다. 기쁨과 상실, 그리움과 침묵, 무너지지 않기 위해 애쓰던 순간들이 문장보다 짧고, 말보다 느린 형태로 내게 남았다. 그것들이 이 시집의 시작이 되었다.

시는 늘 설명보다 먼저 와서 나를 사로잡았다. 분명하게 이해할 수 없을 때조차 이상하게 진실하다고 느껴지는 순간이 있었다. 그 순간들을 놓치고 싶지 않았다. 그래서 완전히 알지 못한 채로 적었고, 다 이해하지 못한 마음을 그대로 두기도 했다. 어떤 해답이라기보다 흔적에 가깝다고 할 것이다. 지나간 마음의 흔적, 오래 바라본 장면의 흔적, 차마 다 말하지 못하고 끝내 남겨 둔 침묵의 흔적. 부디 이 작은 흔적들이 누군가의 시간에 닿아 잠시 멈춰 서서 자신의 마음을 돌아보게 할 수 있다면 좋겠다.

시를 쓴다는 것은 어쩌면 선명해지기 위한 일이 아니라 흐릿한 것들을 끝까지 포기하지 않는 일인지도 모르겠다. 나는 그 흐릿함 속에서 몇 번이고 나를 돌아보았고, 조용히 흔들리는 마음의 결을 따라 이 시집에 가닿았다. 이 시집이 누군가에게 큰 위로가 아니어도 괜찮다. 다만 한 행쯤 오래 남아, 쉽게 지나가 버릴 하루를 잠시 붙들어 줄 수 있기를 바란다.

조심스러운 마음으로 3년의 시들을 내어놓는다.

2026년 3월
김술

슬픔의 몸, 언어의 동작

이필(시인)

1. 언어의 동작

김술의 시집 『슬픔에도 동작이 필요하다』를 관통하는 핵심은 제목에서 선명하게 제시하고 있다. 이 시집에서 슬픔은 단순한 정서가 아니다. 그것은 몸을 멈추게 하는 감정이면서 동시에, 멈춰 있지 않기 위해 어떤 움직임을 요구하는 힘이다. 다시 말해 이 시집의 화자는 슬픔을 관념으로 사유하지 않는다. 그는 슬픔을 몸으로 통과하고, 사물로 더듬고, 생활의 장면 속에서 다시 번역해낸다. 그래서 이 시집의 시들은 슬픔을 말하면서도 침잠만으로 끝나지 않는다. 오히려 슬픔이 몸짓이 되고, 노동이 되고, 돌봄이 되고, 기억을 붙들기 위한 작은 습관이 되는 과정을 집요하게 보여준다. 이때 시는 감정을 설명하는 언어가 아니라, 무너지지 않기 위해 취하는 자세에 가까워진다.

표제작 「슬픔에도 동작이 필요하다」는 이러한 시집 전체의 시적 원리를 압축적으로 보여준다. 이 시에서 아버지는 못질을 하고, 벽에는 생활의 흔적들이 걸리며, 화자는 그 풍경 속에서 불안과 저항, 그리고 결국에는 계승의 감각을 동시에 경험한다. 특히 "아버지로부터 물려받은 건 손을 쓰는 일 / 시를 쓸 때 나는 / 나도 모르게 귀 뒤에 연필을 걸쳐 꽂는다"는 대목은 이 시집의 중요한 시학을 드러낸다. 여기서 시 쓰기는 정신의 산물이기 이전에 몸의 기억이다. 슬픔을 견디는 방식이 손의 움직임으로 전승되고, 노동의 자세가 곧 언어의 자세로 이어진다. 김술의 시에서 시는 추상적 사유의 산물이 아니라, 생활 속 동작에서 가까스로 건져 올린 감각의 형식이다. 이 점에서 시집 전체는 '말의 집'이라기보다 '몸의 기록'에 가깝다.

이 시집이 인상적인 또 하나의 이유는, 사물과 생명체가 단순한 장식이 아니라 정서의 통로로 기능한다는 데 있다. 오리, 물고기, 탱자, 꽃나무, 겨울나무, 낙타, 달걀, 새, 무용수, 양말, 의자 같은 존재들은 단지 시적 소재로 호출되지 않는다. 그것들은 화자의 감정이 직접 말로 표현되기 어려울 때 우회적으로 감정을 떠맡는 대리물이며, 동시에 삶의 균열을 비추는 거울이다. 이를테면 「오리와 나」의 오리는 현실 바깥의 환상적 존재처럼 보이지만, 사실상 불안과 질투, 안전에 대한 갈망이 투사된 분신에 가깝다. "안전함을 느낀다면 그것은 환상 / 절대 완벽한 것은 없다"는 구절은 이 시집의 정조를 이루는 한 축이기도 하다. 이 세계에서 안정은 언제나 잠정적이고, 평온은 잠시 스쳐 지나가는 표면에 불과하다. 그러나 시는 바로 그 불안정한 표면을 끝까지 응시함으로써 자기만의 균형을 만들어낸다.

무엇보다 이 시집에서 반복적으로 감지되는 것은 '몸'이다. 귀 안의 물고기, 잠든 몸의 호흡, 발목을 잃어버린 무용수, 사랑니, 호르몬, 긁히는 소리, 흔들리는 심장, 입속의 꽃잎들. 몸은 여기서 단순히 감정이 깃드는 그릇이 아니라, 세계를 가장 먼저 알아차리는 감각 기관이며 고통의 기록지다. 김술의 시는 몸을 통해 마음에 접근하지, 추상적인 관념으로부터 몸을 호출하지 않는다. 그래서 이 시집의 슬픔은 관념적이지 않다. 그것은 언제나 먼저 찌르고, 긁고, 흔들고, 잠식하고, 번져간다. 「슬픔에는 동작이 필요하다」라는 제목은 이 시집 전체를 설명하는 하나의 문장처럼 읽힌다. 슬픔은 정지된 감정이 아니라 움직임을 요구하는 상태이며, 몸을 통하지 않고는 지나갈 수 없는 과정이라는 것. 김술은 바로 그 동작의 미세한 결을 붙잡는 시인이다.

김술의 시에서 자주 반복되는 것은 '가족'이지만, 그것은 따뜻한 공동체의 낭만으로 제시되지 않는다. 오히려 가족은 가장 깊은 상처와 가장 오랜 애착이 동시에 퇴적된 장소로 등장한다. 아버지는 노동과 상처, 기억과 전승의 얼굴로 나타나고, 엄마와 언니, 동생, 아이의 형상은 돌봄과 결핍이 교차하는 자리에서 떠오른다. 특히 이 시집의 가족은 거대한 서사로 말해지지 않는다. 대신 오래된 벽, 연장통, 부은 손, 통닭 두 마리, 비질하는 마당, 아이를 안고 집으로 돌아가는 발걸음처럼 생활의 표면에 스며든다. 이 생활성은 김술의 시를 한층 단단하게 만든다. 비극이 있다면 그것은 특별한 사건의 규모 때문이 아니라, 너무 오래 익숙해져서 더 아프게 남는 일상의 질감 속에 있기 때문이다.

이 시집의 화자는 끊임없이 상실을 경험하지만, 그 상실을 한 번에 비극으로 고정하지 않는다. 오히려 시들은 잃어버림 이후에도 남아 있는 감각들을 세심하게 포착한다. 「탱자나무」에서 탱자는 단순한 식물이 아니라 아버지의 사랑과 시간, 고생의 흔적을 응축한 물질로 등

장한다. 가시는 상처의 이미지인 동시에 보호의 형식이기도 하다. 「겨울나무」에 이르면 나무는 외로운 존재가 아니라 바람의 안쪽을 어루만지는 존재로 변모한다. 차갑고 비어 있는 겨울 풍경 속에서도 시인은 완전히 폐허가 된 세계를 그리지 않는다. 그는 오히려 말라붙고 비워진 자리에서조차 작은 온기와 미세한 징후를 찾아낸다. 그래서 이 시집의 겨울은 종말의 계절이라기보다, 감각이 가장 예민하게 살아나는 계절처럼 읽힌다.

2. 공기의 미학

김술은 움직이는 사람이다. 어쩌다 연락이 닿으면 그는 학교에서, 지역 도서관에서, 세미나에서 프로그램에 참여해 읽고 쓰고 그리고 있다. 아니면 먼 나라의 깊은 강을 따라 걷고 있다. 베트남에서, 태국에서 배를 타고 외딴섬을 달리고 있다.

김술은 말하는 사람이다. 어린 시절부터 말을 잘했으며, 그의 행동력과 말솜씨로 교육 사업을 하기도 했다. 스스로 책을 만들어 전시하고 이벤트를 주최하기도 한다. 글을 쓰는 데에도 유감없이 발휘되어, 그는 시집만이 아니라 에세이, 그림책 등 다양한 글을 끊임없이 만들어낸

다. 내부에 쌓은 언어를 밖으로 내보내지 않으면 몸이
터질 것처럼 말이다.

청춘도 노년도 아닌 중년, 바로 '중년 여성'이라는 삶의
한 국면에서 그의 시집은 중년의 일상 감각뿐 아니라,
가끔 그의 공상은 삶의 경계를 넘어 숲으로, 즉 삶이 속
하지 않은 시간인 완전한 환상(혹은 죽음)으로 들어간
다. 이러한 접근은 첫 시집으로서는 매우 이례적이다.

우리 집에는 공기의 미학이 많고요
우리 중 하나 없어진다면
거품의 연쇄가 방울방울 터진다면
여기와 거기가 흩어져
"선" 하고 부르는 이름이 날아오고요
수백만 년이 지나도 일부러 전화하지 않아도
자주 우리와 눈 맞추러 오고요

이런 시간은 삶에 속하지 않는다고
많이 울다가 가요
슬프다 슬프다 깊어질수록
바람에 쓸려 숲으로 숲으로 아직도 걸어가요

ㅡ 「공기주머니와 새하얀 공상 속 자매들」 부분

위의 시는 환상과 현실, 결핍과 자매의 연대가 뒤섞인
한 편의 잔혹동화 같은 분위기를 풍긴다. 이야기를 멈추

면 죽음을 맞이하는 세헤라자데처럼 화자는 소멸과 영
원의 밤을 꿈꾼다. 이 시의 슬픔은 단순히 가난 때문이
아니다. 자매의 삶은 비눗방울이나 거품처럼 투명하고
아름답지만 언제든 터져버릴 듯 위태롭다. 그러나 누군
가 사라지더라도 이름이라는 파동(공기)을 통해 수백만
년을 건너 연결될 것이라는 믿음이 나타난다. 김술의 시
는 현실을 견디게 하는 '공상'이라는 공기주머니에 관한
기록이다. 서로의 낯을 씻겨 주고 통닭을 나눠 먹으며
현실의 중력을 버티듯이 그의 언어는 그의 부력(浮力)이
다.

김술은 밤과 낮을 쉼 없이 달린다. 언어를 훔치고 다시
빚어낸다. 글을 쓰는 동안에는 모습을 감춘다. 무엇을
썼는지 잊을 무렵에 느닷없이 원고 뭉치를 들고 나타난
다. 낱말 하나, 행 몇 줄, 때로는 문장 전체까지 거침없이
버리면서도 결코 포기하지 않고 기다린다. 무엇을? 무수
한 부정을 되풀이하면서도 단 하나의 긍정을 이끌고 가
려는 시인이다. 그는 지금도 멈추지 않고 쓰고 있다. 마
치 회유어처럼 새로운 언어의 해역으로 끝없이 이동하
고 있다. 해류를 따라, 다시 먼바다로 나아갈 것이다. 어
디로 가려고 하는지 나로선 짐작도 못하지만.

무엇보다 주목할 것은 김술의 시가 슬픔을 정태적으로
붙들지 않는다는 점이다. 이 시집의 슬픔은 늘 움직인

다. 걸어가고, 안고, 닦고, 버티고, 기다리고, 불을 켜고, 물을 주고, 손을 포개고, 무언가를 들고, 건너가고, 내려놓는다. 이런 동사들의 반복은 우연이 아니다. 시집 제목처럼 슬픔은 동작을 필요로 하고, 화자는 그 동작을 통해 감정의 심연에서 빠져나오려 한다. 중요한 것은 이 움직임이 거창한 극복의 서사로 제시되지 않는다는 점이다. 여기서 동작은 승리의 몸짓이 아니라 생존의 자세다. 완전히 치유되지 않아도, 세계가 갑자기 좋아지지 않아도, 일단 오늘 하루를 버티게 하는 미세한 행위들. 김술의 시는 바로 그 작고 느리고 불완전한 몸짓들 속에서 삶의 윤리를 발견한다.

3. 호르몬의 윤리

2부와 3부로 갈수록 이 시집의 언어는 더욱 자유롭게 흔들리고 확장된다. 「나쁜 혈통」, 「변신」, 「나, 설명서」, 「검정콩으로 된 사전」, 「내가 말하지 못한 모든 것」 같은 시편들에서는 자아가 고정된 실체라기보다 계속 바뀌고 흩어지고 다시 조립되는 존재로 나타난다. 이때 시어는 설명보다 도약에 가깝고, 이미지는 선형적 의미망보다 감각적 연쇄를 형성한다. 이러한 시적 방식은 때로 몽환적이고 비약적으로 보이지만, 그 밑바닥에는 현실의 압력과 내면의 불안이 분명히 자리하고 있다. 말해지지 못한 것들, 이해되지 못한 감정들, 사회적 언어로는 수습되지 않는 상처들이 낯선 이미지와 연결되면서 비로소 시의 표면으로 떠오르는 것이다. 이 점에서 김술의 시는 난해함을 위한 난해함이 아니라, 통상적인 문장으로는 도달할 수 없는 내면의 결을 포착하기 위한 형식적 선택으로 이해할 수 있다.

특히 이 시집에서는 여성적 몸의 감각과 생활의 경험이 중요한 시적 자원으로 기능한다. 그러나 그것은 단순한 자기고백의 방식으로 펼쳐지지 않는다. 오히려 몸은 사회적 역할과 기억, 관계의 흔적이 새겨진 장소로 드러난다. 발목, 가슴, 손, 귀 뒤, 발가락, 입술, 호르몬 같은 신체의 부분들은 개별 감각의 차원을 넘어서 존재의 흔들림 자체를 드러내는 표지가 된다. 「발목 없는 무용수」나 「오늘도 같은 호르몬」 같은 제목들만 보아도 알 수 있듯, 이 시집에서 몸은 늘 완전하지 않고, 자주 흔들리고, 균형을 잃고, 다시 중심을 찾아야 하는 장소다. 그 불안정성은 동시에 시의 리듬을 만들어낸다. 균형이 깨진 자리에서 새로운 호흡이 태어나기 때문이다.

이 시집에서 반복적으로 감지되는 '몸'은 단순히 감정이 깃드는 그릇이 아니라, 세계를 가장 먼저 알아차리는 감각 기관이며 고통의 기록지다. 김술의 시는 몸을 통해 마음에 접근하지, 추상적인 관념으로부터 몸을 호출하지 않는다. 그래서 이 시집의 슬픔은 관념적이지 않다. 그것은 언제나 먼저 찌르고, 긁고, 흔들고, 잠식하고, 번져간다. 「슬픔에도 동작이 필요하다」라는 제목은 이 시집 전체를 설명하는 하나의 문장처럼 읽힌다. 슬픔은 정지된 감정이 아니라 움직임을 요구하는 상태이며, 몸을 통하지 않고는 지나갈 수 없는 과정이라는 것. 김술은 바로 그 동작의 미세한 결을 붙잡는 시인이다.

김술의 시가 지닌 또 하나의 미덕은, 고통을 직접 진술하면서도 자기연민에 갇히지 않는다는 점이다. 이 시집에는 분명 슬픔이 많다. 상실도 많고, 외로움도 많고, 오래된 기억에서 비롯된 통증도 많다. 그런데 이 슬픔은 독자를 압도하거나 감정적으로 몰아붙이는 방식으로 제시되지 않는다. 오히려 시인은 한발 물러서서 슬픔의 가장자리를 만지고, 그것을 다른 생명체나 사물, 계절의 이미지로 옮겨놓는다. 그 결과 독자는 특정한 사건의 비극을 소비하는 대신, 삶 전체에 스며든 슬픔의 질감을 천천히 체감하게 된다. 김술의 시가 갖는 힘은 바로 여기서 나온다. 슬픔을 크게 말하지 않음으로써 오히려 더 깊이 전달하는 힘, 직접 울부짖지 않음으로써 더 오래 남는 울림.

이 시집이 특별한 이유는 상처를 다루는 방식에 있다. 많은 시들이 가족, 양육, 돌봄, 노동, 가난, 질병, 여성의 몸과 기억 같은 문제를 스친다. 그러나 김술은 이를 정면의 진술로 밀어붙이기보다 이미지의 변형과 감각의 우회를 통해 말한다. 「나쁜 혈통」은 특히 인상적이다. 이 시에서 '엄마인 나'와 '너'는 각각 여러 동물적 형상과 뒤틀린 비유들을 통과하며 규정된다. 혈통은 여기서 유전적 계보이자 감정의 상속이고, 동시에 끊어내기 어려운 상처의 반복이다. 그런데 시는 그 반복을 비탄의 언어로만 가두지 않는다. 기괴하고도 생생한 이미지의 연쇄를 통해 상처의 계보를 오히려 낯설게 만든다. 다시 말해 이 시집은 상처를 직접 증언하기보다, 상처가 몸과 언어 속에서 어떤 방식으로 변형되고 증식되는지를 보여준다. 그 결과 독자는 슬픔을 이해하기보다 먼저 감각하게 된다. 그것이 김술 시의 힘이다.

시집 후반부로 갈수록 눈에 띄는 것은 예술과 진실, 언어와 생존 사이의 관계다. "우리는 진실 때문에 죽지 않기 위해 예술을 가지고 있다"라는 문장은 이 시집 전체를 하나의 사유로 묶어주는 열쇠처럼 읽힌다. 이때 예술은 장식이나 취미가 아니라, 진실의 과잉으로부터 자신을 지키기 위한 최소한의 방어막이다. 삶에는 너무 적나라해서 그대로는 견딜 수 없는 진실들이 있다. 가족의

역사, 몸의 상처, 관계의 파열, 자기 자신에 대한 불신 같은 것들. 김술의 시는 그 진실을 외면하지 않으면서도, 그것을 이미지와 리듬, 비유와 호흡으로 변환해낸다. 바로 그 변환의 과정이 예술이며, 동시에 살아남기 위한 방식이 된다.

이 시집의 언어는 대체로 부드럽지만, 그 부드러움은 연약함과 다르다. 오히려 김술의 시는 쉽게 부러지지 않는 언어를 갖고 있다. 삶의 거친 표면을 직접 통과한 말들, 상처를 안고도 끝내 타인을 향해 손을 내미는 말들, 무너짐의 징후를 보면서도 아주 미세한 희망의 방향을 놓치지 않는 말들. 이러한 언어는 독자에게 위안을 강요하지 않는다. 대신 함께 견디는 감각을 남긴다. 그것이야말로 이 시집이 가진 가장 깊은 정서적 힘일 것이다.

결국 『슬픔에도 동작이 필요하다』는 슬픔을 노래하는 시집이면서, 동시에 슬픔 속에서도 몸을 움직이게 하는 힘에 관한 시집이다. 여기서 시는 상처를 지워주는 것이 아니라, 상처를 안은 채 살아가는 방식을 조금씩 가르쳐 준다. 아버지의 연장통에서 시작된 손의 기억, 겨울나무의 가지 끝에서 건네지는 말, 아이를 안고 돌아가는 발걸음, 물과 바람과 동물과 사물의 형상 속에 스며든 결핍과 애정. 이 모든 것들이 모여 이 시집은 하나의 조용한 진실에 닿는다. 슬픔은 우리를 멈추게 하지만, 삶은 결국 다시 어떤 자세를 요구한다는 것. 그리고 시는 바로 그 자세를 배우는 가장 섬세한 방식이라는 것.

그래서 이 시집을 덮고 난 뒤 오래 남는 것은 개별 시편의 이미지들만이 아니다. 더 오래 남는 것은, 무너짐 이후에도 다시 손을 움직이고 발을 내딛게 하는 한 인간의 내면적 리듬이다. 김술의 시는 그 리듬을 과장 없이, 그러나 끝내 놓치지 않고 붙잡아낸다. 그런 의미에서 『슬픔에도 동작이 필요하다』는 슬픔의 시집이면서 동시에 삶의 지속에 관한 시집이다. 아프지만 멈추지 않는 언어, 흔들리지만 끝내 사라지지 않는 몸의 기억이 이 시집 전체를 조용하고 단단하게 떠받치고 있다.